KB236225

옥수수죽

어르신 이야기책 _217 중간글

옥수수죽

초판 1쇄 발행일 2023년 2월 20일

지은이   김택근
그린이   낙송재
펴낸이   이원중

펴낸곳 지성사 출판등록일 1993년 12월 9일 등록번호 제10-916호
주소 (03458) 서울시 은평구 진흥로 68, 2층
전화 (02) 335-5494 팩스 (02) 335-5496
홈페이지 www.jisungsa.co.kr 이메일 j.sungsa@hanmail.net

© 김택근 · 낙송재, 2023

ISBN 978-89-7889-523-1 (03810)

잘못된 책은 바꾸어 드립니다. 책값은 뒤표지게 있습니다.

어르신 이야기책 _217 중간글

옥수수죽

김택근 글 · 낙송재 그림

 지성사

차례

검은 설

설날 아침, 동선은 고향으로 가는 고속버스에 올랐습니다. 출발시간이 좀 남았는데도 빈자리가 거의 없었습니다.

한데 동선의 옆자리는 비어 있었습니다. 창 쪽에 앉은 동선은 빈자리가 신경이 쓰였습니다.

누군가 고속버스를 타려고 허둥대고 있을지도 모른다고 생각하니 마음이 급해졌습니다.

차창 밖으로는 눈발이 날리고 있었습니다.

"승객 여러분, 안녕하십니까. 조용한 차내에 소란을
피워 죄송합니다."

갑자기 사내의 걸쭉한 목소리가 들려왔습니다. 좁은
통로에 세 명의 사내가 서 있었습니다.

한 사내는 콧수염을 길렀고, 또 한 사나는 양복을
말쑥하게 빼입었으며, 다른 사내는 작업복 차림이었습니다.

그중 나이가 지긋한 콧수염 사내가 손목시계를
치켜들었습니다.

"고향에 가시는 여러분에게 선물용 고급 손목시계를 드릴까 해서 이렇게 올라왔습니다. 바로 이 시계입니다."

금빛 시계 줄이 번쩍거렸습니다. 손목시계가 귀할 때였습니다.

"보시다시피 금메끼를 해서 절대 벗겨지 않고 시간 또한 딱딱 맞습니다. 오만 원에 수출되던 것을 이 자리에서는 오천 원에 드리겠습니다.

여러분 모두에게 드리고 싶지만, 물량이 달려서 부득이 추첨을 하겠습니다. 당첨된 분들에 한해서만 드리겠으니 양해 있으시기 바랍니다."

콧수염 사내는 버스 안을 찬찬히 둘러보면서 말을
이었습니다.

"그러면 다 그냥 나눠 주지 왜 추첨을 하느냐 하고
의심하는 분도 계실 것입니다.

물론 처음에는 다 드렸습니다. 그랬더니 준비한 물량이
금방 동이 났습니다. 그러자 소문을 듣고 다른 승객들이
본사에 전화해서 항의하고 난리가 났습니다.

그래서 골고루 혜택을 드리그, 또 본 제품을 널리 선전도 할 겸 해서 이렇게 경품 행사를 마련한 것입니다. 그러니 어떤 의심도 하지 마시길 바랍니다."

당시 오천 원은 제법 큰 돈이었습니다. 가구공장에서 일하는 동선의 월급이 오만 원이었습니다.

양복쟁이가 능숙한 솜씨로 봉투를 돌렸습니다. 그렇게 모든 승객의 무릎 위에 봉투가 놓였습니다.

"봉투 속에 당첨권이 들어 있습니다. 당첨이라고 붉은 도장이 찍힌 용지가 있으면 당첨되신 겁니다. 그런 분은 손을 드십시오. 그럼 금메끼 값도 안 되는 단돈 오천 원에 고급 시계를 드리겠습니다."

몇 사람이 손을 들었습니다. 그때마다 양복쟁이 사내가 달려갔습니다.

동선도 당첨권을 꺼내서 펴 보았습니다. 당첨이라 찍혀 있었습니다.

순간 손을 들려다가 이내 망설였고, 결국 참았습니다.

富

우선 시계가 진품이라고 믿기지 않았습니다. 또
오천 원은 고향 친구에게 술 한잔 살 수 있는
돈이었습니다.

동선은 빈자리에 당첨권을 밀쳐놓았습니다.

당첨을 확인하던 양복쟁이 사내가 동선의 옆 좌석에
놓인 당첨권을 보더니 눈을 흘겼습니다.

"당신 당첨이잖아요. 근데 왜 손을 안 들어."

"아, 나는 사지 않겠습니다."

"아니, 당첨되었는데 왜 안 사겠다는 거야. 우리를
사기꾼으로 보는 거야 뭐야."

양복쟁이 말투가 거칠어졌습니다. 이를 지켜보던
작업복 사내가 다가왔습니다. 인상을 험하게 구기더니
돌연 팔을 치켜들었습니다.

그러자 소매에서 손가락이 아닌 쇠갈고리가
튀어나왔습니다.

그 갈고리 손으로 시계를 들어 동선에게 내밀었습니다.
순간 차 안이 얼어붙었습니다.

이를 보고 있던 콧수염 사내가 점잖게 타일렀습니다.

"참아요, 참아. 그 성질 아직도 죽지 않았구먼.
젊은이도 웬만하면 하나 사세요. 나라 위해 손모가지
잘린 상이용사랍니다."

세 사내는 이렇게 역할을 나눠 승객들을 어르고
윽박질렀습니다.

동선은 어찌할 바를 몰라서 고개를 숙이고 있었습니다.
얼굴이 화끈거리고 손에 땀이 났습니다.

할 수 없이 호주머니를 뒤적이는데 웬 여자 목소리가
들려왔습니다.

"여기가 내 자리 같은데……. 아저씨 무서워요. 손 좀
치워주세요."

여자는 머플러를 뒤집어쓰고 있었습니다. 곧바로
동선의 옆자리에 앉아 가쁜 숨을 내쉬며 혼잣말을
했습니다.

"하마터면 차 놓칠 뻔했네."

갈고리 사내가 여자를 쏘아보았습니다.

여자가 딴청을 부리자 다시 갈고리 손에 달린 시계를
동선 앞으로 내밀었습니다.

“어이 젊은이, 내 말이 말 같지 않아?”

다시 여자가 대들 듯이 당차게 말했습니다.

“아저씨, 자꾸 왜 이래요. 무섭다니까.”

“웬 참견이야. 여자가 재수 없게.”

“아니 재수 없다니. 무슨 말을 그렇게 해요. 여자는 말도 못 해요? 설날 아침에 정말 재수 없네.”

여자가 갈고리 사내를 향해 고개를 세웠습니다.

그때였습니다. 운전기사가 다가와서 차가 떠날 시간이 되었다며 사내들에게 그만 내려가 달라고 사정했습니다.

뒤쪽에서 누군가 소리쳤습니다.

“이제 갑시다. 다들 바쁜 사람들이오.”

그러자 여기저기서 한마디씩 던졌습니다.

“출발합시다. 눈도 오는데 빨리 갑시다.”

마치 기다린 듯했습니다. 갑자기 차 안이 소란해졌습니다. 사내들이 차 안을 한참 노려보더니 슬며시 내려갔습니다.

동선은 여자가 무척 고마웠지만 어떤 말도 할 수 없었습니다. 마냥 창밖만 내다보고 있었습니다. 함박눈이 쏟아지고 있었습니다.

차가 막 출발하려는데 여자가 말했습니다.

“자리를 바꿔 앉으면 안 될까요?”

동선이 창 쪽 자리를 내주었습니다. 여자는 머플러를
벗어서 자리에 깔고 앉았습니다. 비로소 얼굴이
드러났습니다. 화장한 얼굴이 머플러만큼 고왔습니다.

여자는 동선에게 들으라는 듯 혼잣말을 했습니다.

"아까는 무서워 죽는 줄 알았네."

눈발을 헤치며 고속버스는 달렸습니다. 차내가
조용해졌습니다. 모두 고향 생각에 잠긴 듯했습니다.

동선도 눈을 감았습니다. 그리고 마음속으로 가방을
뒤졌습니다.

아버지께 드릴 담배 세 보루, 어머니께 드릴 털목도리,
이웃들에게 나눠 줄 조미료 세트 그리고 가장 중요한
동생 동구의 등록금 30만 원.

동구는 입시에 합격해서 3월이면 대학생입니다.
동생만은 돈 걱정 없도록 뒷바라지를 해주고
싶었습니다.

돈 봉투를 속옷에 싸서 가방 맨 아래 깊숙이
넣었습니다. 등록금 봉투를 내놓으면 아마도 어머니는
울음을 터뜨리고, 아버지는 헛기침을 할 것입니다.

생각만 해도 가슴이 뜨거워졌습니다.

차가 휴게소에 멎었습니다. 바깥 날씨가 추워서
승객들은 거의 자리를 뜨지 않았습니다.

여인이 일어섰습니다. 동선도 덩달아 일어서서 길을
터주었습니다. 밖으로 나가려던 여인이 다시 돌아와
귓속말을 했습니다.

"혹시 성냥 있어요?"

동선이 내민 성냥을 여자가 그러쥐었습니다.

그녀가 몇 걸음을 옮기다 뒤를 돌아봤습니다. 동선을
향해 미소를 지었습니다. 미소는 머플러보다 예뻤습니다.

여자가 일어선 자리에는 머플러가 얌전하게 놓여
있었습니다. 엉덩이 자국이 따스하게 느껴졌습니다.

동선은 눈발이 날리는 하늘을 향해 담배 연기를 날리는
여자를 상상했습니다.

여자가 돌아와 성냥을 손에 쥐어 주었습니다. 손이
차가웠습니다. 향수 냄새에 섞인 담배 냄새가 싫지
않았습니다.

고속버스는 다시 경쾌하게 달렸습니다.

"전주에는 언제쯤 도착할까요?"

전주고속

성에 낀 창에 하트 모양을 그려 넣던 여자가 나직이
물었습니다.

"점심때쯤이면 도착하지 않을까요?"

"생각보다 길이 막히지 않네요."

"설날이라서, 갈 사람은 다 가고……."

"고향 가는 거지요? 고향 집이 어디예요?"

"전주에서 다시 시외버스를 타야 합니다. 정읍
쪽으로."

이번에는 동선이 물었습니다.

"고향이 어디세요."

"전주 시내예요. 몇 년 만에 집에 가네요. 반기는
사람은 없지만, 그냥 가보고 싶네요."

여자가 창밖으로 시선을 돌렸습니다. 무슨 사연이 있어
보였습니다. 한참 동안 밖을 보던 여자가 고개를 돌려
나이를 물었습니다.

"군대 갈 나이가 되었나요?"

"네, 신체검사를 했으니 곧 징집영장이 나올 것
같습니다."

"그럼 스물하나, 아님 스물둘?"

"둘입니다."

"어머, 그럼 내 동생이랑 동갑이네. 어쩐지 어려
보이더라니."

"동생은 아직 전주에 사나요?"

"아니요, 아주 먼 곳에 있답니다."

여자의 대답으로는 동생이 먼 타향에 살고 있는지,
아니면 세상을 떠났는지 알 수 없었습니다. 그렇지만
동선은 묻지 않았습니다.

새삼 동생 동구가 대견했습니다. 서울 가는 형을
따라나서며 동구가 한 말을 잊은 적이 없습니다.

"건강해야 해. 고생하는 형만큼 나도 열심히
공부할게."

동생은 눈에 눈물을 그렁그렁 담고 있었습니다.
그날 마을 입구에 서 있던 키 큰 느티나무에서는
까치가 울었습니다.

버스가 전주고속버스터미널에 도착했습니다. 눈보라가 거칠게 뺨을 때렸습니다. 여자가 몸을 떨었습니다.

동선은 그녀에게 따뜻한 차 한잔 대접하고 싶었습니다.

둘은 다방에 들어섰습니다. 여자는 차 안에서처럼 머플러를 깔고 앉았습니다.

커피를 한 모금 마신 여자가 동선을 쳐다보며 눈웃음을 깊게 지었습니다.

동선은 마음이 흔들렸습니다.

함께 술 한잔하면서 여자의 이야기를 듣고 싶었습니다.
그녀의 아픔까지 껴안아 주고 싶었습니다.

하지만 자신을 기다리는 식구들 얼굴이 떠올랐습니다.
정초에 허튼짓은 일 년을 망칠 수도 있다는 생각도
들었습니다.

차 한잔에 모든 것이 따뜻해졌습니다.

올 한해는 좋은 일이 많이 일어날 것 같다는 생각이
들었습니다.

다방을 나오자 칼바람이 온몸을 할퀴었습니다.

집에 가려면 다시 시외버스를 타야 했습니다. 여자가
지나가는 택시를 세웠습니다.

"타세요. 시외버스터미널에 내려주고 갈게요."

동선은 여자를 따라 택시에 올랐습니다.

택시가 막 출발하려는데 여인이 소리쳤습니다.

“어머머, 내 머플러, 머플러를 두고 왔네. 이를
어쩌지.”

여인은 동선의 등을 마구 두드렸습니다.

“제가 다녀올게요.”

동선은 택시에서 내려 다방으로 달려갔습니다.

머플러는 의자에 그대로 있었습니다. 머플러를 움켜쥐고
다시 택시를 타러 뛰어갔습니다.

전주다방
TAXI

택시는 없었습니다. 여자를 싣고 떠나버렸습니다.

선물과 동생 등록금이 들어 있는 가방도 함께

사라졌습니다.

쥐고 있던 머플러가 눈보라 속으로 날아갔습니다.

눈이, 검은 눈이 무섭게 퍼붓고 있었습니다.

옥수수죽

점심시간이 다가오면 운동장 구석에 커다란 가마솥을
걸고 옥수수죽을 끓였습니다.

구수한 냄새가 운동장을 돌아다니다 창문을 넘어
교실로 들어왔습니다. 그러면 고픈 배가 더 고파왔습니다.

여기저기서 꼬르륵 소리가 들렸습니다.

옥수수죽은 도시락을 싸 오지 못하는 아이들에게
공짜로 주는 점심이었습니다.

미국이 구호품으로 거저 준 것이라고 했습니다.
누군가는 유엔이 주는 것이라고 아는 체를 했습니다.

한 반에서 스무 명도 넘게 죽을 타 먹었습니다.
꿀꿀이죽이라고도 했지만, 맛이 있었습니다.

있는 집 아이들은 계란말이나 김이 들어 있는 도시락을
싸 왔습니다.

그러나 가난한 아이들은 빈 도시락을 들고 길게 줄을
섰습니다.

그 줄 맨 앞에 늘 남수가 서 있었습니다.

남수는 몸집이 컸습니다. 키도 선생님만큼 자랐습니다.

나이가 또래보다 서너 살 많았습니다.

다들 출생신고가 늦어서 입학도 늦었을 것이라

추측했지만, 남수는 아무 말도 하지 않았습니다.

남수는 맨 앞에 서서 죽을 한 번 타 먹고, 맨 뒤로

달려가 다시 줄을 섰습니다. 그렇게 두 번을 탔습니다.

다른 아이들은 운동장에서 뛰어노는데 남수만 두 번째

죽을 타서 교실로 들어갔습니다.

그 몸집에 많이 먹어야겠지만, 아이들은 남몰래 공짜

죽을 두 그릇씩 먹어치우는 남수를 못마땅하게

바라봤습니다.

나도 그 점은 마음에 들지 않았습니다.

남수는 공부도 잘하지 못했습니다. 맨 뒷좌석에 앉아서

졸다가 선생님에게 들켜서 툭하면 벌을 섰습니다.

나는 남수와 함께 학교에 오갔습니다.

남수네 집은 우리 집 앞 신작로를 따라 한참을 더 가야
나타났습니다. 너무 멀어서 누구도 남수네 집에 가보지
않았습니다.

남수는 날마다 아침 일찍 집 앞에서 학교에 가자며
내 이름을 불렀습니다.

덩치가 컸지만 순했습니다. 한 번도 싸우는 모습을 보지
못했습니다. 어쩌면 그 누구도 감히 남수한테 덤비지
못했다고 해야 맞을 겁니다.

시장통 아이들은 그런 남수를 미워했습니다. 어떤
아이는 막말을 퍼붓기도 했습니다.

"잠만 자려면 집에 있지 뭐 하러 학교에 오나."

"남수는 죽 타 먹으러 학교에 온다."

그래도 남수 앞에서는 그런 말을 꺼내지 못했습니다.
커다란 몸집 앞에 모두 주눅이 들었습니다.

그러던 어느 날, 교실 대청소를 하고 있을 때였습니다.

유리창을 닦고 있는 남수에게 성구가 딴지를
걸었습니다. 덩치가 제일 큰데도 가장 쉬운 일을 한다며
비아냥거렸습니다.

성구는 시장통에서 싸움을 제일 잘한다고 소문이
났습니다. 별명이 악바리였습니다.

"야, 김남수. 덩칫값 좀 해라. 죽은 두 그릇씩
먹으면서."

남수에 대한 첫 도전이었습니다. 그런데도 남수는
아무런 대꾸도 하지 않고 유리창만 닦고 있었습니다.

성구를 혼내 주리라 기대했던 아이들은 내심
실망했습니다.

사실 시장통 아이들은 끼리끼리 뭉쳐서 변두리에 사는
아이들을 수시로 괴롭혔습니다. 흉기를 지니고 다니는
아이도 있었습니다.

시장통 아이들은 그나마 남수에게만은 함부로 하지
못했습니다.

변두리 촌놈들에게 남수는 기둥이었습니다. 남수와
함께 있으면 안심이 되었습니다. 나도 시장통 아이들이
나타나면 남수 뒤로 숨었습니다.

그날 이후 남수는 더는 변두리 아이들의 기둥이
아니었습니다.

성구는 자주 남수에게 대들었습니다. 시장통 아이들도
덩달아 기가 살아났습니다. 남수가 앞에 있는데도 흉을
봤습니다.

확실히 남수는 기가 꺾인 듯했습니다. 남수에 대한
우리의 믿음도 자꾸만 깎이었습니다.

차츰 교실은 시장통 아이들의 요란한 놀이터로
변해갔습니다.

여름 방학이 끝나고 새 학기가 시작되었습니다.

점심시간을 앞두고 운동장 구석에서는 여전히
옥수수죽이 끓고 있었습니다.

그날도 남수는 도시락에 죽을 싸들고 들어왔습니다.

그것을 본 성구가 노골적으로 시비를 걸었습니다. 남수
앞을 가로막았습니다.

"네가 뭔데 아직도 죽을 두 그릇씩 타 먹냐?"

성구는 턱을 치켜들고 남수를 빤히 쳐다봤습니다.

"죽 먹으러 학교 오냐? 몰래 먹으면 그렇게 맛있냐? 거지같이……."

남수의 표정이 일그러졌습니다. 커다란 손바닥으로 성구의 뺨을 후려쳤습니다.

"좌~악!"

그 소리에 교실은 물을 끼얹은 듯 조용해졌습니다.

성구의 뺨이 금세 붉어졌습니다. 성구는 남수를
쏘아볼 뿐 더는 대들지 않았습니다. 시장통 아이들도
자기네들끼리 수군거릴 뿐이었습니다.

다음 날이었습니다. 남수와 함께 여느 때처럼
집으로 돌아가고 있었습니다.

막 고개를 올라서자, 시장통 아이 여섯 명이 튀어나와
길을 막아섰습니다. 맨 앞에 성구가 있었습니다.

시장통 아이들은 다짜고짜 남수에게 달려들었습니다.
앞과 뒤에서 일제히 발길질을 하고 주먹을 내질렀습니다.

남수의 책가방이 땅에 떨어졌습니다. 성구가 그걸

발로 걷어찼습니다. 책과 공책과 필통이 쏟아지고

네모난 양은 도시락이 삐져나왔습니다.

성구가 도시락마저 짓이겼습니다. 그 속에서

옥수수죽이 흘러나왔습니다. 남수는 옥수수죽을 자신이

먹지 않고 집에 가져갔던 것입니다.

남수의 얼굴이 일그러졌습니다. 주먹을 불끈

쥐었습니다. 시장통 아이들을 사정없이 후려갈겼습니다.

무서운 힘이었습니다. 성구를 번쩍 들어서 팽개쳤습니다.

겁에 질린 시장통 아이들이 주춤주춤 물러섰습니다.

"이놈들, 다 덤벼라. 오늘 끝장을 보자."

남수가 웃통을 벗어 던졌습니다. 달려가 한 아이의
멱살을 틀어쥐었습니다. 남수의 굵은 알통이 꿈틀거렸고,
아이는 숨이 막히는지 발버둥 쳤습니다.

시장통 아이들이 우르르 도망쳤습니다. 남수는 아이들을
쫓아가지 않고 멍하니 바라만 보고 있었습니다. 내가
책가방을 주웠습니다. 책이며 공책이 옥수수죽
범벅이었습니다.

남수가 책가방을 낚아채듯 가져가더니 멀리
던져버렸습니다.

책가방은 옥수수죽을 흘리며 날아갔습니다. 그 위에는 파란 하늘이 펼쳐져 있었습니다.

말없이 걷다가 내가 물었습니다.

"그 옥수수죽…… 누구 주려고 가져가는 거여?"

"……"

그날 이후 남수는 학교에 나오지 않았습니다. 하루, 이틀…… 한 달이 지나도 소식이 없었습니다.

선생님이 집을 아는 사람 있냐고 물었습니다. 모두
나를 쳐다봤습니다.

선생님은 나더러 남수네 집에 한번 가브라고 했습니다.
계속 결석하면 퇴학을 시키겠다고 했습니다.

남수네 집을 찾아갔습니다. 작은 집이 산 밑에
웅크리고 있었습니다.

저런 집에서 덩치 큰 남수가 살고 있었다는 게 믿기지
않았습니다.

남수를 부르자 허리가 굽은 노인이 나왔습니다. 남수와

단둘이 사는 할머니였습니다. 연신 기침을 해댔습니다.

남수는 할머니에게 드리려 옥수수죽을 남겨 갔던

것입니다.

"우리 남수 일 갔어. 저그 앞들로 가봐."

나는 잘 가라고 손을 흔드는 할머니를 쳐다볼 수

없었습니다. 산 위에 올라가 하늘이 울리도록 소리치고

싶었습니다.

가을걷이가 한창인 들녘으로 남수를 찾아갔습니다.

일꾼들이 막 새참을 먹은 후 쉬고 있었습니다. 남수는
논두렁에 앉아서 태연히 담배를 태우고 있었습니다.

나를 보자 씩 웃었습니다. 밀짚모자를 썼고, 목에 수건을
두르고 있었습니다.

다가가자 담배를 비벼 끄더니 천천히 일어났습니다.
그리고 내 머리를 쓰다듬었습니다.

남수가 엄청나게 커 보였습니다. 얼굴도 아버지처럼
늙어 보였습니다.

그런 남수를 똑바로 쳐다볼 수 없었습니다.

"공부 열심히 해. 내년에 좋은 중학교에 가야지. 나는
여기가 학교야. 중학교야."